채소에 대한 허무맹랑하고 쓸데없는 상상들

책을 읽기 전에

책을 읽기 전에

※이 책의 모든 이야기는 뻥과 상상, 장난을 바탕으로 창작하였으며 각각의 채소에 대한 잘못된 정보를 포함하고 있습니다. 사실과 다른 서술로 인해 마음의 상처를 입은 채소 여러분께 심심한 사과의 뜻을 전합니다.

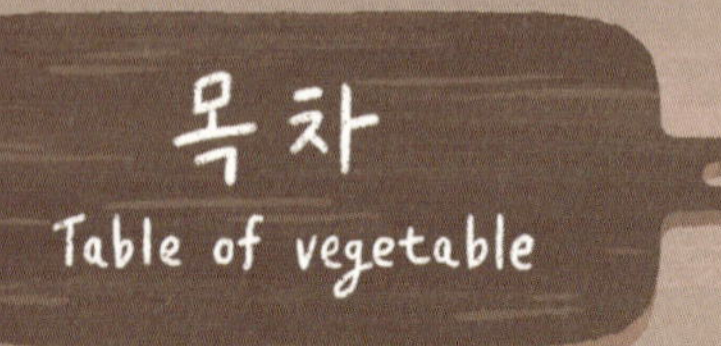

목 차
Table of vegetable

브로콜리 036

콩 040

우엉 044

연근 048

양배추 052
감자 056

고추 060

두릅 064

시금치 068

토마토 072

아스파라거스 076

마늘 080

무 084

가지 088
배추 092
비트 096
버섯 100
고구마 104
양파 108

Carrot

그리스의 물리학자 데몰리우스는 연구가 잘 풀리지 않을 때면 생당근을 우적우적 씹어 먹었습니다. 그러고 나면 목구멍이 따끔하면서 간질거렸는데, 그는 이 기묘한 느낌(그의 표현을 빌리자면 '고슴도치를 삼킨 듯한 느낌')이 연구 활동에 영감을 준다고 믿었습니다.

그러던 어느 날, 평소처럼 당근을 먹은 뒤 그는 호흡 곤란을 호소하며 괴로워하다가 의식을 잃고 쓰러졌습니다. 당시에는 아직 그 개념이 존재하지 않았지만 현대의 과학자들은 높은 확률로 그가 당근 알레르기를 가지고 있었을 것이라고 추측합니다.

　며칠간 앓다가 겨우 건강을 회복한 이후 하인들은 절대 그에게 당근을 주지 않았습니다. 그 때문인지 몰라도 그는 마지막 연구였던 〈물체의 질량에 따른 이동 거리의 변화〉를 끝으로 더는 학자 생활을 이어가지 못했습니다. 무료해진 그는 이웃 아이들에게 숫자와 글자를 가르치기 시작했습니다. 아이들은 그의 집에 모여 종이 대신 '오스트라카'라고 불리는 도자기 조각을 공책 삼아 공부하고 그 조각을 집으로 가져가 숙제를 하기도 했습니다. 아이들을 가르치며 그는 조금씩 활기를 되찾았습니다. 따지고 보면 세계 최초의 공부방은 당근 덕분에 탄생한 셈이지요.

당근에 대한 객관적인 진실

혹시 토끼를 기르고 있다면 당근을 자주 주지 마세요. 당분이 많아 토끼의 주식으로는 적합하지 않답니다.

Korean Leek

서울시 마포구 도화동에 거주하는 김재민 씨의 태몽은 대파였다고 합니다. 태몽을 꾼 사람은 그의 외할머니였습니다. 구름 한 점 없이 맑고 화창한 날, 한가롭게 들판을 거닐던 할머니에게 정체를 알 수 없는 여인이 다가와 커다란 대파 한 다발을 품에 안겨 주는 꿈이었다지요. 그로부터 아홉 달 뒤인 1989년 10월, 김재민 씨는 서울의 한 산부인과에서 3.3kg의 건강한 사내아이로 태어났습니다.

대파 태몽은 재주와 능력이 출중한 아기를 의미합니다. 태몽이 아닐 경우 근심과 걱정이 해소되고 운세가 상승하는 꿈이라고 하니 꿈속에서 누군가 대파를 건넨다면 놓치지 말고 꼭 받으세요. (하지만 재민 씨는 자신의 태몽을 별로 좋아하지 않는다고 하네요. 그래서 다른 사람들에게는 용이 나오는 꿈이라고 이야기합니다.)

대파에 대한 객관적인 진실

일본에는 감기에 걸리면 구운 대파를 목에 두르는 민간요법이 있습니다. 기침과 인후통 완화에 도움이 된다고 하네요.

15

Sweet Pepper

피망

1980년대 경기도의 한 국민학교에서는 운동회 상품으로 채소를 제공했습니다. 100미터 달리기 1등은 감자 한 바구니, 제기차기 1등은 양배추 한 통. 이 외에도 고구마나 당근, 마늘 같은 것들을 나누어 주기도 했지요. 그 시절 운동회는 그야말로 동네잔치라서 학부모는 물론이고 동네 어르신들까지 나들이 삼아 참석하곤 했습니다. 그래서 살림에 보탬이 되는 채소를 상품으로 제공한 것이죠. 주부들은 이 상품을 두 팔 벌려 환영했지만 아이들의 입장은 달랐던 모양입니다.

어느 해에는 3학년 김준범 학생의 부모인 조덕례, 김칠성 부부가 직접 재배한 피망을 잔뜩 기부했습니다. 그 해의 상품은 온통 피망이었지요. 달리기 1등도 피망, 단체줄넘기 1등도 피망, 줄다리기 1등도 피망…. 이에 분노한 학생들은 교무실 앞에서 격렬한 시위를 벌였습니다. 이 소동은 당시 교장이었던 곽영식 씨가 앞으로는 상품으로 학용품을 준비하겠다고 거듭 약속하고 나서야 가라앉았습니다.

그리고 다음 해부터는 평범한 학교들처럼 공책과 색연필, 24색 크레파스, 연필깎이 등이 상품으로 제공되었지요. 당시 시위의 주축이었던 6학년 장민지 학생은 이 경험을 살려 훗날 사

피망에 대한 객관적인 진실

피망이라는 이름은 고추를 뜻하는 프랑스어 'piment'에서 유래되었습니다. 일본식 발음이 그대로 우리나라에 들어와 정식 명칭이 된 것이지요.

회운동가가 되었다고 합니다.

19

Cucumber

전라북도 무주군 근처에 위치한 작은 섬마을에는 예로부터 내려오는 미신이자 전통이 있습니다. 음력 7월 12일에 끼니마다 오이를 하나씩 챙겨 먹으면 액운을 막아주고 만사가 형통한다는 것이지요. 마을 사람들은 이 전통을 아주 중요하게 생각해서 공동 농지를 마련해 품앗이로 오이 농사를 짓기도 했습니다. 하루에 오이를 세 개나 먹는 일은 생각처럼 쉽지 않은데요. 그래서 이 마을에는 오이를 활용한 각종 요리가 발달했습니다. 오이냉국과 비슷하지만 독특한 매력이 있는 오이미역초무침 역시

이 지역에서 유래된 음식이라고 하네요. 아래에 레시피를 첨부하니 음력 7월 12일에 만들어 보세요. 새콤달콤한 맛이 여름철 집 나간 입맛을 되살려 준답니다.

오이미역초무침

재료: 오이, 물미역, 홍고추(혹은 청양고추), 쪽파, 굵은소금, 국간장, 식초, 매실청, 다진 마늘, 통깨

1. 물미역은 차가운 물에 여러 번 헹군 뒤 살짝 데쳐 준비한다.
2. 오이는 반달 모양으로 썰어 굵은소금에 10분 정도 절여 둔다.

오이에 대한 객관적인 진실

오이는 95퍼센트가 수분으로 이루어져 있습니다. 100그램당 9칼로리로 열량이 거의 없는 채소이지요. 오히려 이를 소화하는 데 소모되는 열량이 더 많아 다이어트 식품으로 사랑받고 있습니다.

3. 커다란 볼에 미역을 담고 국간장 2큰술, 식초 2큰술, 매실청 1큰술, 다진 마늘 0.5큰술을 넣어 조물조물 무친다.

4. 물기를 제거한 오이를 미역과 함께 섞은 뒤 잘게 썬 홍고추(혹은 청양고추)와 쪽파, 통깨를 넣어 마무리한다.

Bean Sprouts

콩나물

인천시 계양구에서 콩나물국밥집을 운영하는 전영림, 박홍기 부부는 콩나물 덕분에 큰 화를 면했습니다. 영업을 마치고 집에 돌아와 야식을 먹던 어느 밤, 거래처에서 전화가 왔습니다. 콩 수급에 차질이 생겨 며칠 동안 콩나물을 납품하지 못하게 되었다는 연락이었죠. 다음 날, 그들은 어쩔 수 없이 평소보다 일찍 집을 나섰습니다. 근처 식자재마트에 들러 그날 사용할 콩나물을 구입하기 위해서였죠. 콩나물 다섯 박스를 품에 안고 가게에 도착한 부부는 영업을 시작하기도 전에 충격적인 소식을 듣게 됩니다. 그들이 사는 아파트에 큰불이 난 것이었죠. 콘센트 누전으로 인해 6층에서 시작된 불은 그들의 집이 있는 8층을 지나 12층까지 번졌습니다. 이미 커진 불길은 쉽게 잡히지 않았고, 결국 사망자 2명과 부상자 27명이 발생한 뒤에야 겨우 진압되었습니다. 많은 주민이 집에 있던 이른 시간에 화재가 발생해 인명피해 규모가 커졌다고 소방당국은 발표했습니다. 콩나물을 사기 위해 평소보다 일찍 집을 나서지 않았더라면 부부 역시 피해를 입었을지도 모를 일이죠.

콩나물에 은혜를 갚는 마음으로 그들은 그 주의 수익금 전액을 이웃들의 치료비로 기부했습니다. 콩나물 덕분에 무사히 살아남은 부부는

콩나물에 대한 객관적인 진실

숙취 해소에 도움을 주는 아스파라긴산은 콩나물의 줄기 부분보다 뿌리에 더 풍부하다고 합니다. 해장을 위해 섭취할 때는 뿌리를 다듬지 말고 꼭 함께 드세요.

오늘도 같은 자리에서 콩나물국밥을 끓이고 있
습니다.

27

Corn

1920년대 네덜란드의 한 시골 마을에서는 오직 결혼한 사람들만 옥수수를 먹을 수 있었습니다. 마을 사람들은 옥수수의 수많은 알갱이가 자손의 번성과 잉태를 의미한다고 믿었고, 아직 결혼하지 않은 젊은이들이 옥수수를 맛보는 것은 몹시 불경스럽고 외설적인 일로 여겼지요. 미혼 남녀가 몰래 옥수수를 먹다 들키면 온갖 모욕을 당한 뒤 마을에서 추방됐습니다.

그러던 어느 날, 14세 소년 핸드릭 캐츠버그가 누군가 먹다 버린 옥수숫대를 잘근잘근 씹어 먹는 사건이 발생했습니다. 이 모습을 목

격한 목축업자 닉 베르스타펜은 긴급 주민 회의를 소집해 소년을 마을에서 추방해야 한다고 주장했습니다. 공교롭게도 그 소년은 마을의 최대 지주 폴 캐츠버그의 막내아들이었습니다. 폴 캐츠버그는 옥수숫대는 옥수수가 아니라고 반박하며 아들을 두둔했고, 마을 사람들은 두 파로 갈라져 '옥수숫대는 옥수수인가 아닌가?'를 두고 격렬한 논쟁을 벌였습니다. 젊은이들은 이 기회를 틈타 옥수수자유연대를 결성했습니다. 옥수수자유연대는 무서운 기세로 세력을 확장해 결국 승리를 쟁취했고, 덕분에 마을 주민들은 혼인 여부와 관계없이 모두 자유롭게 옥수수를 먹을 수 있게 되었습니다. 이 시대의 기록은 이제 거의

옥수수에 대한 객관적인 진실

옥수수와 조개는 상극입니다. 유해균이 번식하기 쉬운 조개와 소화가 잘 되지 않는 옥수수를 함께 먹으면 식중독에 걸릴 가능성이 높아지기 때문이죠.

남아 있지 않지만 마을 출신 유명 소설가 요스 스네이블릿의 산문집 ≪종이 세 번 울릴 때≫에서 이런 문장을 찾아볼 수 있습니다.

"나는 옥수수가 익어갈 때 시작되는 사랑을 신뢰하지 않는다. 때로 인간은 오직 호기심 때문에 바보 같은 실수를 저지르고, 그 실수를 수습하며 남은 생을 살아간다."

Pumpkin

밴쿠버의 한 호박 농장에서는 매년 가을 특별한 축제가 열립니다. 캐나다 전역의 호박 농장들이 참여하는 이 축제는 농업인들이 한데 모여 '호박의 날'을 기념하고 다양한 정보를 공유하기 위해 마련된 자리입니다. 사흘간 진행되는 축제의 하이라이트는 단연 둘째 날 오후에 열리는 '최고의 호박 선발대회(BPA: The Best Pumkin Awards)'입니다. 각각의 농장들은 그 해에 수확한 호박 중 가장 좋은 것을 세 개씩 골라 후보로 등록합니다. 20년 이상의 경력을 자랑하는 농업인 심사위원단 6명과 사전

테스트를 통해 선정된 관객 대표단 3명은 호박의 크기와 모양, 맛과 향 등을 까다롭게 평가해 가장 훌륭한 하나를 고릅니다.

최고의 호박을 배출한 농장은 한 해 동안 BPA 공식 인증 마크를 사용할 수 있고, 이는 매출 증대에 큰 도움이 된다고 합니다. 작년에는 올리버 윌슨 씨의 농장에서 재배한 호박이 3년 연속 최고의 호박으로 뽑혀 화제에 올랐습니다. 과연 윌슨 씨는 올해도 그 영광을 이어갈 수 있을까요?

호박에 대한 객관적인 진실

호박씨는 과거 의약품이 귀하던 시절 천연 구충제로 쓰였답니다. 잘 볶아서 껍질째 씹어 먹거나 차로 끓여 마시면 좋다고 하네요.

Broccoli

스물일곱에 데뷔해 연달아 장편영화 3편을 세계적으로 흥행시킨 프랑스의 천재 감독 로버트 레오니는 영화학교 재학 시절 별다른 두각을 드러내지 못하는 학생이었습니다. 입학 후 그가 처음으로 연출한 작품에는 브로콜리를 자신의 아이라고 생각하는 한 남자가 등장합니다. 어딜 가든 브로콜리를 품에 꼭 끌어안고 다니는 남자는 진짜 아기를 대하듯 그걸 조심스럽게 쓰다듬고, 이불을 덮어 주고, 자장가를 불러 줍니다. 23분의 러닝타임 동안 남자가 뱉는 대사는 딱 한 마디입니다.

"미셸을 브로콜리라고 부르는 사람들과는 그 어떤 말도 하지 않을 거야."

이 작품은 교수와 동기들에게 차가운 혹평을 받았습니다. 한 교수는 레오니에게 "오 친구! 자네가 만든 건 아주 훌륭한 수면제라네!"라고 말했다고 하네요. 뒤늦게 이 일화를 알게 된 팬들은 레오니의 인스타그램과 트위터에 "Give me the Broccoli!"라는 댓글과 함께 브로콜리 이모티콘을 남기기 시작했고, 레오니는 원본 파일이 손상돼 더 이상 그 영화를 볼 수 없지만 팬들을 위해 언젠가 꼭 리메이크하겠다고 약속했습니다.

브로콜리에 대한 객관적인 진실

미국 제41대 대통령 조지 H.W 부시는 브로콜리를 몹시 싫어했습니다. 공직에 있는 동안 브로콜리가 싫다는 발언을 무려 70여 차례나 했다고 하네요. 그의 아들인 제43대 대통령 조지 W.부시 역시 브로콜리를 싫어하기로 유명합니다. 이쯤 되면 브로콜리도 이 부자를 싫어하지 않을까요?

그리고 이번 겨울, 드디어 그 영화를 볼 수 있게 되었습니다. 레오니의 첫 작품을 리메이크한 <브로콜리 베이비>는 프랑스 시각으로 12월 1일 자정, 로버트 레오니의 공식 유튜브 채널을 통해 무료로 공개된다고 합니다.

39

Bean

콩

일본의 SNS 스타 강아지 마메는 엄마, 아빠, 누나와 함께 후쿠오카에서 살고 있습니다. 복슬복슬한 누룽지색 털과 짧고 통통한 다리, 인형처럼 귀여운 얼굴 덕분에 수많은 팔로워를 거느리며 넘치도록 사랑받고 있지요. 하지만 마메가 처음부터 이런 행복을 누린 건 아니었다고 합니다.

사실 마메는 오랫동안 거리를 떠돌던 유기견이었습니다. 한쪽 다리를 절뚝거리며 사람들이 버린 음식물을 주워 먹는 마메를 발견한 누나는 며칠 내내 잠을 이루지 못했습니다. 3년

전 무지개다리를 건넌 첫 강아지와 너무 닮았기 때문이었죠. 가족들과 상의 끝에 마메를 집으로 데려온 누나는 인스타그램 계정을 만들어 마메의 치료 일지를 올리기 시작했습니다. 많은 사람의 응원 덕분인지 마메는 놀라운 속도로 회복해 건강을 되찾았습니다.

이 사연이 널리 알려지자 재미있는 일이 생겼습니다. 마메를 보며 유기견 입양을 결심한 사람들이 가족이 된 강아지에게 채소에서 따온 이름을 붙여주기 시작한 것이죠. 일본어로 마메(まめ)는 콩을 뜻하는데요. 이 외에도 오이를 뜻하는 큐리(きうり), 순무를 뜻하는 카부(かぶ), 우엉을 뜻하는 고보(ごぼう) 같은 이름을 가진

콩에 대한 객관적인 진실

거리에서 흔히 볼 수 있는 클로버는 콩과 식물입니다.

강아지들이 많이 생겨났답니다. 마메의 랜선 집사들은 이 친구들을 '채소 가족(やさい かぞく)'이라고 부르며 귀여워한다고 하네요. 채소 가족의 건강과 행복을 기원합니다.

43

Burdock Root

우엉

올해로 다섯 살이 된 김도윤 어린이는 오늘도 엄마에게 혼이 났습니다. 검도 학원에 우엉을 들고 가겠다고 떼를 썼기 때문이죠. 도윤이는 세 살 위인 누나를 따라 두 달 전부터 검도를 배우기 시작했는데요. 처음으로 호구를 착용한 날 거울에 비친 자신의 모습에 푹 빠져버렸다고 하네요.

　어느 날, 저녁 준비를 하던 엄마가 식탁 위에 올려 둔 우엉이 도윤이의 눈에는 죽도처럼 보였나 봅니다. 거실 한가운데에 서서 진지한 얼굴로 우엉을 휘두르는 도윤이를 보고 엄마와 누나는 눈물이 쏙 빠지도록 웃었습니다.

　이후 우엉을 사다 놓기만 하면 잽싸게 그걸 차지하고 아무도 건드리지 못하게 하는 바람에 가족들은 골치가 아프다고 하네요. 대성통곡을 하며 지켜낸 우엉을 기어이 도장에 가지고 간 날도 있었습니다. 옆구리에 우엉을 끼고 기세등등하게 등장한 도윤이를 보고 관장님 역시 와하하 웃음을 터뜨렸습니다. 우엉을 향한 도윤이의 집착 때문에 엄마는 장을 볼 때마다 고민합니다. 어쩌다 우엉을 사는 날이면 도윤이 몰래 후다닥 손질해 두지요. 도윤이는 엄마가 만든 달콤 짭짤한 우엉조림을 무척 좋아한다고 합니다. 먼 훗날, 우엉조림을 먹을 때마다 가족들은 지금 이

시절을 떠올리겠지요?

Lotus Root

수원의 한 중학교에서 영양사로 근무하는 남지희 씨는 몸에 좋지만 학생들에게 외면받는 재료를 사용해 신메뉴를 개발하는 일에 열정을 쏟고 있습니다. 최근 가장 뜨거운 반응을 얻은 메뉴는 연근튀김 마라샹궈인데요. 자숙 연근이 들어가는 일반적인 마라샹궈와 다르게 찹쌀가루를 묻혀 노릇하게 튀긴 연근을 넣는 것이 특징입니다. 마라소스를 빨아들인 쫀득한 튀김옷과 아삭한 연근의 조합이 훌륭해 채소를 잘 먹지 않던 학생들도 그 매력에 빠져들었다고 하네요. 이 메뉴를 처음 선보인 날, 한 학생은 급

식실 게시판에 칭찬 쪽지를 남겼습니다.

"연근의 맛을 모르고 살았던 15년이 야속해요. 진짜 개맛있어요!"

바로 이런 순간에 가장 큰 보람을 느끼는 지희 씨는 오늘도 야근을 자처하며 신메뉴를 개발하고 있습니다. 요즘 테스트 중인 메뉴는 구운 새우가 들어간 미나리페스토 파스타입니다. 과연 이 메뉴도 학생들의 입맛을 사로잡을 수 있을까요?

연근에 대한 객관적인 진실

연근은 치질에 좋은 채소입니다. 탄닌과 철분이 풍부해 지혈을 돕기 때문이지요.

51

Cabbage

2019년 대만에서 가장 인기 있었던 광고 모델을 아시나요? 그 주인공은 바로 샤오첸과 링링. 유명한 아이돌도, 배우도 아닌 평범한 세 살배기 여자아이와 리트리버 믹스 대형견입니다. 휴일을 맞아 공원에서 피크닉을 즐기던 샤오첸 가족은 한 방송사의 취재팀을 만나게 됩니다. 생활 정보 프로그램을 제작하는 그들은 샤오첸의 엄마에게 인터뷰를 요청했습니다. 어린아이를 키우는 가정이 휴일을 어떻게 보내는지에 대한 내용이었죠. 하지만 장난꾸러기 두 녀석의 방해 때문에 인터뷰는 쉽지 않았습니다. 잔뜩 신이 난 샤오첸과 링링을 진정시키기 위해 아빠는 도시락에 있던 삶은 양배추를 꺼내 들었습니다. 양배추를 무척 좋아하는 링링은 곧바로 납작 엎드렸고, 샤오첸 역시 덩달아 얼음이 되었습니다. 짧은 인터뷰 내내 '기다려' 자세를 하는 둘과 비장의 무기처럼 양배추를 높이 들고 있는 아빠, 그 옆에서 터져 나오는 웃음을 참으며 인터뷰를 하는 엄마. 이 장면은 SNS를 통해 널리 공유되며 엄청난 사랑을 받았습니다. 결국 샤오첸과 링링은 한 식품회사의 광고까지 찍게 되었는데요. 이 광고가 대박을 터뜨리며 둘은 단숨에 광고계의 블루칩으로 떠올랐습니다. 덕분에 더 넓은 집으로 이사까지 가게 되었다고 하

양배추에 대한 객관적인 진실

양배추라는 단어는 연인 간의 애칭으로 사용되기도 합니다. 영어로 'my cabbage'는 '여보', 프랑스어로 'mon chou'는 '내 귀염둥이'라는 뜻이 있지요.

니 이 두 녀석, 평생의 효도를 다한 셈이죠?

Potato

18세기 영국의 탐험가 제임스 해럴드는 항해 도중 큰 위기를 겪었습니다. 안개가 가득 낀 어느 스산한 아침, 커다란 암초에 부딪혀 좌초한 것이죠. 12명의 선원을 통솔하는 선장이기도 했던 그는 가까운 섬에 배를 정박하기로 결정합니다. 그곳에 잠시 머무르며 이 난관을 헤쳐 나갈 방법을 모색하기로 한 것이죠. 심하게 파손된 배를 수리하는 일은 쉽지 않았습니다. 필요한 도구도, 부품도 넉넉하지 않았죠. 설상가상으로 준비한 식량 역시 점점 바닥을 드러내고 있었습니다. 불안과 공포에 휩싸인 선원들은 날이 갈수록 예민해졌고, 전에 없던 다툼이 생기기도 했습니다.

그러던 어느 날, 제임스는 창고 구석에서 오래된 감자 한 상자를 발견합니다. 한참을 생각에 잠겨 있던 그는 선원들을 모두 불러 모아 파랗게 싹이 난 감자를 세 알씩 나눠주었습니다. 어리둥절해하는 선원들에게 제임스는 이렇게 말했습니다.

"지금부터 우리의 목표는 오직 감자를 잘 키우는 것이다."

선원들은 툴툴거리면서도 배급받은 감자 새싹을 돌보기 시작했습니다. 그리고 놀라운 일이 벌어졌습니다. 하루하루 달라지는 새싹을 관찰

감자에 대한 객관적인 진실

벨기에 북서부에 위치한 브뤼헤에는 세계 최초의 감자튀김 박물관이 있습니다. 벨기에 국민들은 감자튀김을 무척이나 사랑해서 코로나19로 도시가 봉쇄되었을 때도 감자튀김 가게만큼은 예외였답니다.

하고, 감자를 더 잘 키우는 방법을 공유하며 모두 조금씩 활기를 되찾기 시작한 것이죠. 무력감에서 벗어난 선원들은 다시 힘을 모아 배를 수리했고, 결국 무사히 집으로 돌아갈 수 있었습니다. 이 이야기가 알려진 뒤 영국에서는 감자 화분을 선물하는 유행이 생겼습니다. 사람들은 이를 '희망의 감자(Potatoes of Hope)'라고 부르며 소중히 가꿨죠. 식물을 돌보는 일은 실제로 우울감 해소에 도움이 된다고 합니다. 지금 힘든 시기를 지나고 있다면 '희망의 감자'를 키워 보는 건 어떨까요? 싹이 난 감자는 수경재배로도 잘 자란답니다.

59

Chilli

예로부터 우리나라에는 아이가 태어나면 금줄을 치는 풍습이 있습니다. 볏짚을 꼬아 만든 줄에 조그만 숯 조각과 함께 남자아이의 경우 빨간 고추를, 여자아이의 경우 솔잎을 꽂아두곤 했지요. 아들을 낳는 것이 부부의 의무처럼 여겨졌던 시절에는 금줄을 훔쳐 가는 사람들도 있었다고 합니다. 금줄에 꽂혀 있던 고추를 안방에 걸어 놓으면 아들을 가지게 된다고 믿었던 것이죠.

금줄은 액운을 물리치는 역할을 하기 때문에 도난당할 경우 태어난 아기에게 좋지 않은

영향을 준다고 합니다. 금줄 도둑이 특히 많았던 경상도 지역에는 이를 지키는 '금줄아비'가 있었습니다. 금줄아비는 주로 아기의 사촌 형들이 맡았는데요. 금줄을 지키는 사람이 많을수록 좋다고 생각해 용돈과 간식거리를 챙겨주며 문 앞에 집안의 남자아이들을 세워두었다고 하네요.

63

전라북도 순창에서 18년째 두릅 농사를 짓고 있는 강일권 씨는 얼마 전 깜짝 뉴스로 가족들을 충격에 빠뜨렸습니다. 아무런 언질도 없이 갑자기 이름을 바꿨다고 통보한 것이죠. 가족들을 진짜 놀라게 한 건 개명 소식 그 자체가 아니었습니다. 그가 자랑스럽게 보여준 새 신분증에 적혀 있는 이름은 다름 아닌 '강두릅'이었습니다. 말을 잇지 못하는 아내와 두 아들에게 강일권… 아니, 강두릅 씨는 말했습니다. 곧 20주년을 앞둔 만큼 앞으로 두릅 농사에 사활을 걸기로 다짐했다고요. 큰아들 재철 씨는 아버지의 무모함에 절레절레 고개를 저었고, 작은 아들 재민 씨는 "그럼 나는 강피망으로 개명할 까?"라며 한술 더 뜨다가 엄마 김미현 씨에게 찰 싹찰싹 등짝을 맞았답니다. 아무튼 내년 봄에는 강두릅 씨의 이름이 찍힌 두릅을 만나볼 수 있 겠네요. 마트에서 두릅을 발견한다면 생산자 정 보가 담긴 상자 옆면을 꼭 확인해 보세요.

두릅에 대한 객관적인 진실

두릅은 몸과 마음에 두루두루 좋은 채소입니다. 씁쓸한 맛을 내 는 사포닌은 혈당을 낮춰주고, 특유의 향을 만드는 정유 성분은 긴장과 스트레스를 완화하지요.

Spinach

서울의 한 대학병원 응급실에는 오래전부터 이어져 내려오는 징크스가 있습니다. 구내식당 점심 메뉴에 시금치나물이 나오면 그날 오후에는 숨 돌릴 틈도 없이 환자가 몰려든다는 것이죠. 처음 이 이야기를 들은 신규 입사자들은 말도 안 되는 소리라며 코웃음을 치거나 어쩌다 반복된 우연 정도로 대수롭지 않게 여기곤 합니다. 하지만 딱 석 달만 지나면 시금치의 '시' 자만 들어도 치를 떤다고 하네요.

재미있는 사실은 시금치나물과 다르게 시금치된장국은 괜찮다는 것입니다. 이 병원에서

6년째 근무하고 있는 간호사 신윤경 씨는 언젠가 이 징크스에 대한 이야기를 모아 독립출판물을 만들 계획을 세우고 있습니다. 미리 지어 놓은 제목은 ≪시금치와 징크스≫라고 하네요.

시금치의 철분 함유량은 사실 특별히 높은 편이 아니라고 합니다. 그래도 실망하지 마세요. 각종 비타민을 풍부하게 섭취할 수 있으니까요.

71

Tomato

최근 미국을 중심으로 급격하게 퍼져 나가고 있는 '토마토 편지'를 아시나요? '토마토는 과일이다(Tomatoes are fruits)'라는 제목의 이 편지는 이메일을 통해 불특정 다수에게 전해집니다. 편지에는 토마토가 식물학적으로 과일이라는 사실을 증명하는 몇 가지 자료가 첨부되어 있는데요. 이에 동의한다면 주변 사람 3명에게 편지를 공유하면 됩니다. 실제로 많은 사람이 메일을 공유하기 시작했고, 지금은 미국뿐 아니라 세계 각국으로 퍼져나가고 있지요. 심지어 이 편지를 애타게 기다리는 사람들까지 생겼다고 하네요. 도대체 누가 이 편지를 처음 보냈는지, 그 이유는 무엇인지는 아직까지 밝혀지지 않았습니다. 여러분은 토마토가 채소라고 생각하시나요, 과일이라고 생각하시나요? 과일이라고 생각한다면 미리 3명의 친구를 정해두세요. 여러분의 메일함에 언제 토마토 편지가 도착할지 모르니까요.

Asparagus

아스파라거스

스테이크 가니쉬로 빠지지 않고 등장하는 아스파라거스는 아삭한 식감과 풍부한 영양소를 자랑하며 양식 요리에서 널리 사랑받는 채소입니다. 하지만 이 인기는 그리 오래되지 않았습니다. 옛날 사람들은 아스파라거스를 '악마의 지팡이'라고 부르며 멀리했다고 하네요.

16세기 포르투갈의 귀족 페르난도 백작은 대쪽 같은 성격으로 유명한 사람이었습니다. 자신에게도 타인에게도 임격하며 신념에 어긋나는 일은 목에 칼이 들어와도 하지 않았죠. 다른 귀족들은 자신의 행동에 사사건건 딴지를 걸며 입바른 소리만 하는 페르난도 백작을 눈엣가시로 여겼습니다. 평민들을 착취하며 호의호식하던 가르시아 백작은 그중에서도 특히 그를 싫어했지요. 귀족들은 당시 국왕이었던 루이스 2세와 페르난도 백작 사이를 이간질해 결국 그를 몰락시켰습니다. 생활고에 시달리게 된 페르난도 백작의 식탁에는 질기고 뻣뻣해 사람들이 잘 먹지 않는 아스파라거스가 자주 올랐다고 합니다.

포르투갈에는 "삼시세끼 아스파라거스만 먹을 놈"이라는 속담이 있는데요. 페르난도 백작처럼 꼬장꼬장한 사람을 일컫는 말이라고 합니다.

아스파라거스에 대한 객관적인 진실

아스파라거스는 예로부터 귀한 채소였습니다. 중세 유럽에서는 왕실과 귀족들이 즐겨 먹어 '채소의 왕'이라고 불렸죠.

79

Garlic

마늘은 예로부터 귀신을 쫓는 채소로 알려져 있습니다. 서양에서는 십자가와 마늘로 흡혈귀를 물리치고, 동양에서는 조상님께 바치는 제사 음식에 마늘을 넣지 않지요. 하지만 마늘을 좋아하는 귀신도 있다는 사실을 알고 계셨나요?

　　조선시대 민담에 등장하는 '호롱귀(好弄鬼 : 인간을 희롱하는 것을 좋아하는 귀신)'는 어린아이들 앞에 나타나 짓궂은 장난을 치는 귀신입니다 호롱귀이 표적이 된 이린이는 모처럼 얻은 귀한 간식이나 장난감을 잃어버리게 되지요. 그래서 호롱귀가 자주 나타나는 마을

에 사는 어린이들은 마당 한쪽에 조그만 마늘 더
미를 만들어 놓았다고 합니다. 마늘을 좋아하는
호롱귀에게 바치는 뇌물이었던 셈이지요. 신기
하게도 아이가 자라 마늘을 먹을 수 있을 때쯤이
면 더 이상 호롱귀를 보지 못하고, 조금 더 지나
면 그 모습을 완전히 잊게 된다고 합니다. 어린
이의 눈에만 보이는 호롱귀는 과연 어떤 모습이
었을까요?

마늘에 대한 객관적인 진실

KREI 농업관측센터에 따르면 2020년 한국인의 1인당 연간 마
늘 소비량은 약 7킬로그램으로, 이는 세계 평균의 9배에 달하는
수치입니다. 마늘 좋아. 정말 좋아.

83

Daikon

사람의 첫인상은 이목구비가 아니라 피부에서 결정된다는 말이 있습니다. 건강한 피부는 부드러운 인상을 주고 안색을 좋아 보이게 하지요. 맑고 깨끗한 피부를 가지기 위해 노력한 건 옛날 사람들도 마찬가지였습니다. 조선시대 궁녀들은 쑥이나 감자 등 주변에서 쉽게 구할 수 있는 재료를 이용해 피부 관리를 했다고 합니다. 어느 해에는 무가 최고의 아이템으로 떠올랐습니다. 수려한 미모로 유명한 세명옹주의 몸단장을 책임지는 상궁이 일주일에 한 번씩 무를 곱게 갈아 얼굴에 발라준다는 소문이 돌

았기 때문이죠. 값싸고 양도 많은 무는 궁녀들의 천연팩 재료로 큰 사랑을 받았습니다. 하지만 이듬해, 최악의 가뭄으로 채소가 귀해지자 무팩은 금지되었습니다. 궁궐 내에서 식용이 아닌 목적으로 채소를 사용하다 발각되면 엄격한 문책을 당했죠. 그럼에도 몇몇 궁녀는 꿋꿋하게 무를 갈아 피부에 바르다가 결국 감봉 처분을 받았습니다. 실제로 무팩은 피부를 진정시키고 뾰루지를 가라앉히는 데 도움을 준다고 하는데요. 초록빛이 도는 부분은 따가울 수 있으니 흰 부분을 사용하세요.

87

Eggplan

가지

서울의 한 제약회사에서 마케터로 일하는 윤소정 씨에게는 가지 모양 타투가 있습니다. 이 타투를 처음 본 사람들은 소정 씨가 가지를 무척 좋아한다고 생각하지만 사실은 그 반대입니다. 3년 전 여름, 친한 동료와 호주를 여행하던 중 장난삼아 각자 싫어하는 음식을 팔에 새겼다고 하네요.

재미있는 일은 그 후에 일어났습니다. 소정 씨의 타투를 본 사람들이 하나둘씩 자신의 '인생 가지 요리'를 추천하기 시작한 것이죠. 가지를 싫어하는 소정 씨는 그렇게 가지 요리 맛집을 누구보다 많이 아는 사람이 되었습니다.

그리고 마침내 연남동의 오래된 중식당에서 사천가지탕수를 처음 먹어본 날, 소정 씨는 충격에 빠지고 말았습니다. 그동안 먹었던 가지 요리들을 전부 잊어버릴 만큼 맛있었기 때문이지요. 그날 이후 소정 씨는 중화요리를 먹으러 가면 꼭 가지탕수를 주문하게 되었습니다. 참고로 소정 씨와 함께 타투를 했던 동료 지은 씨는 여전히 오이를 싫어한다고 합니다.

가지에 대한 객관적인 진실

가지에 함유된 루페올이라는 성분은 여드름 치료에 아주 효과적입니다. 실제로 가지는 화장품의 원료로 많이 사용되고 있지요.

91

Kimchi Cabbage

김장 배추 생산지로 유명한 충청북도 괴산군에는 언제부터 시작됐는지 모를 특별한 전통이 있습니다. 겨울 배추 수확을 시작하기 전 밭에서 가장 크고 예쁜 배추를 하나 골라 따로 챙겨놓는 것이지요. 이 배추는 깨끗한 곳에 잘 모셔두었다가 수확이 끝나면 흰 천으로 감싸 동네 임신부에게 전해줍니다. 임신부는 건네받은 배추를 아기처럼 안고 두세 번 토닥여 주지요. 이렇게 하면 배추밭 주인은 그 해의 배추를 좋은 값에 팔게 되고, 임신부는 건강한 아이를 출산하게 된다고 하네요. 1980년대 초까지만 해도 당연히 지켜졌던 이 전통은 지역 사회가 빠르게 고령화되며 자연스럽게 추억 속으로 사라졌습니다. 지금은 동네에서 임신부를 찾는 일 자체가 어려워졌다고 하네요. 그래도 여전히 일부 사람들은 수확 전날 가장 탐스러운 배추를 골라 흰 천으로 감싸 놓는다고 합니다.

배추에 대한 객관적인 진실

배추는 무와 궁합이 아주 좋아 함께 먹으면 간암을 예방한다고 알려져 있습니다. 반면 당근은 배추의 비타민 C를 파괴해 되도록 따로 먹는 게 좋다고 하네요.

95

Beet

1960년대 독일의 농촌 지역에서는 비트를 훔쳐가는 사람을 '사랑 도둑(Thief of hearts)'이라고 불렀습니다. 이 말은 짝사랑 상대 집안의 밭에서 비트를 훔치면 그 사람과 결혼하게 된다는 미신 때문에 생겼는데요. 주로 이제 막 결혼 적령기에 접어든 청년들이 장난 반 진심 반으로 비트 서리를 했다고 합니다. 그 시절 비트는 옥수수나 감자처럼 흔해서 집마다 모두 조금씩은 재배하는 작물이었습니다. 때문에 도둑질을 하다 걸려도 크게 문제 삼지 않고 넘어가는 분위기였죠. 하지만 농촌 사회가 현대화되며 비트

서리에 대한 인식 역시 점점 달라졌습니다. 이제
는 사라진 전통이지만 일부 지역에서는 여전히
심장을 닮은 비트가 사랑을 의미해 마음을 전하
는 선물로 쓰인다고 하네요. 좋아하는 사람에게
비트를 선물하는 일, 무척 귀엽지 않나요?

비트에 대한 객관적인 진실

제2차 세계대전으로 물자가 부족했던 시절 영국 여성들은 비트
뿌리를 입술에 문질러 립스틱처럼 사용했다고 합니다.

99

Mushroom

맛도 좋고 식감도 좋은 버섯은 다양한 요리에 폭넓게 쓰이며 오래전부터 세계 각국에서 사랑받아 온 식재료입니다. 비교적 쉽게 구할 수 있고 재배하는 데 큰 자원이 들지 않아 대공황 시절 미국에서는 '가난한 자의 친구'라고 불리기도 했지요. 그 시절 사람들은 식용 버섯은 물론이고 독버섯까지 채취했다고 합니다. 적당한 독을 가진 버섯을 잘게 다져 음식물에 섞은 뒤 쥐를 잡기 위한 미끼로 사용했던 것이죠. 미국 북서부 지역에서는 아직도 흰수염달걀버섯을 '고양이버섯'이라고 부르는데요. 이 별명 역시 이러한 이유에서 붙여졌다고 합니다. 균류에 속하는 버섯은 엄밀히 따지면 채소라고 할 수 없지만 대다수의 사람이 버섯을 채소처럼 느낀다고 하네요. 여러분은 어떤가요?

버섯에 대한 객관적인 진실

독버섯은 사람에게 치명적이지만 동물에게는 반가운 먹이가 되기도 합니다. 야생 버섯은 절대 채취하지 말고 동물들에게 양보하세요.

103

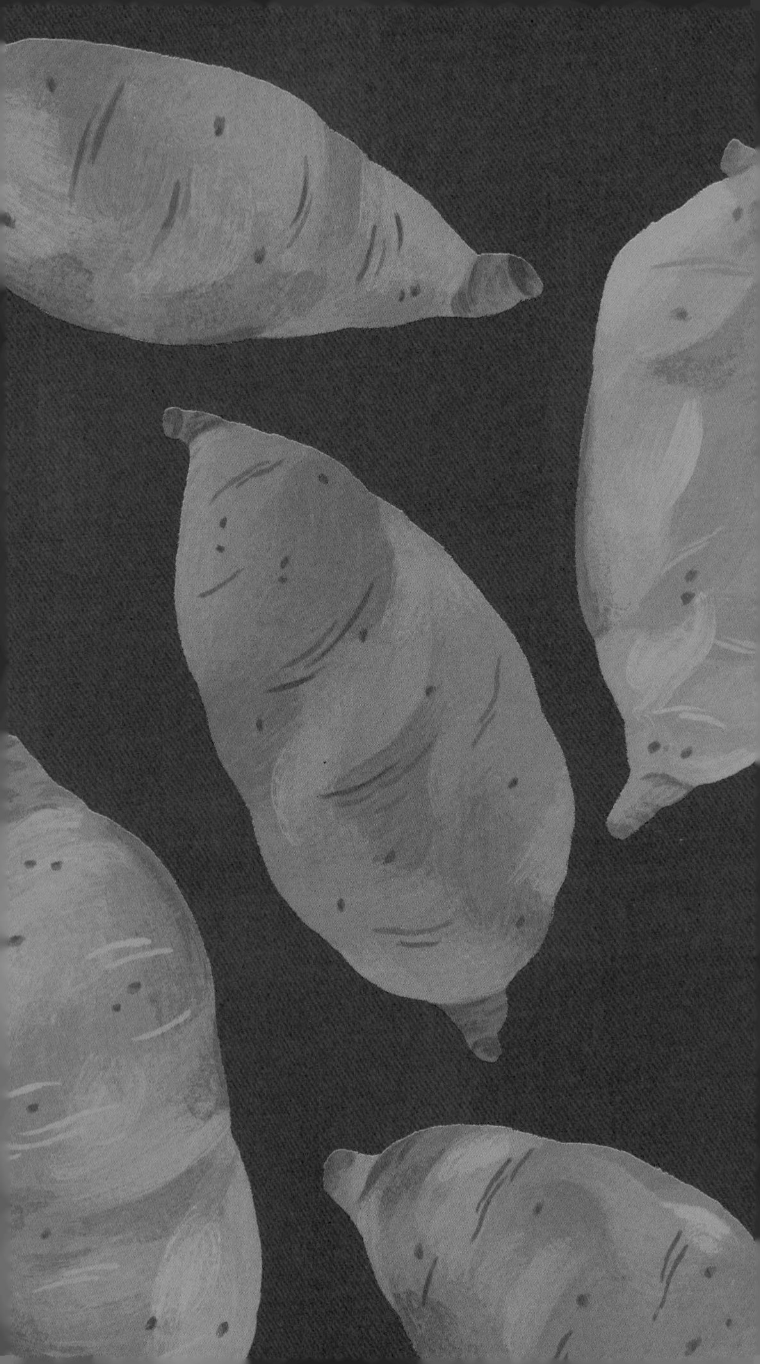

Sweet Potato

두툼하게 튀긴 흰살생선과 감자튀김을 함께 먹는 피시앤칩스는 영국인들의 소울푸드로 잘 알려져 있습니다. 연교차가 적은 서안해양성기후인 영국에서는 서늘한 곳에서 잘 자라는 감자가 특히 맛있습니다.

반면 따뜻한 기후를 좋아하는 고구마는 별로 맛이 없지요. 그래서 가난한 사람들이 모여 살던 동네에서는 감자보다 저렴한 고구마로 피시앤칩스를 만들어 먹었습니다. 먼 옛날 우리나라 서민들이 쌀밥 대신 보리밥을 먹었던 것처럼요. 어려운 시기를 버티게 해준 음식은 두

고두고 기억나는 법이죠. 해당 지역의 식당에서는 아직도 고구마로 만든 피시앤칩스를 판매합니다. 이제는 상황이 역전되어 추가 금액을 지불해야 하지만 옛날 생각에 고구마 변경 옵션을 선택하는 어르신이 많다고 하네요. 누군가에게는 추억의 맛으로, 누군가에게는 새로운 별미로 여겨지는 고구마 피시앤칩스는 타르타르소스보다 칠리소스와 함께 먹는 게 더 잘 어울린다고 합니다. 언젠가 저도 꼭 먹어 보고 싶네요.

고구마에 대한 객관적인 진실

고구마와 나팔꽃은 같은 나팔꽃속으로 식물학적으로 보면 친척 관계입니다. 나팔꽃과 비슷하게 생긴 고구마꽃은 무척이나 희귀해서 행운의 상징으로 여겨진답니다.

107

Onion

조리법이 다양하고 어떤 요리에든 찰떡같이 어울리는 양파는 동서양을 막론하고 널리 사랑받는 채소입니다. 특히 기름이나 버터에 볶으면 아주 맛있는 냄새가 나지요. 그 냄새가 너무 좋았던 걸까요? 이탈리아의 한 조향사가 볶은 양파 냄새가 나는 향수를 만들어 주목을 받고 있다고 합니다. 그 주인공은 밀라노의 신생 코스메틱 브랜드에서 근무하는 알레시아 페레티입니다. 알레시아는 업무 외에도 다양한 개인 프로젝트를 진행하며 유튜버로 활동하고 있는데요. 볶은 양파 향수의 제작 과정 역시 그의 유튜브 채널에서 확인할 수 있습니다. 이 향수를 직접 시향해 본 사람들은 버터를 넣고 오랫동안 볶아 녹진하게 캐러멜라이징된 양파의 냄새를 완벽하게 구현했다며 극찬을 아끼지 않았습니다. 볶은 양파 향수는 정식 판매하는 제품은 아니며 이벤트를 통해 소수의 구독자에게만 선물한다고 합니다. 그 향기가 궁금하다면 유튜브 채널 'Giardino di Alessia'에 접속해 보세요. 버터 팝콘 향수, 곰팡이 향수, 갈색 반점이 생긴 바나나 향수 등 재미있는 작업이 많답니다.

양파에 대한 객관적인 진실

양파는 불면증에 좋은 채소입니다. 잠이 오지 않는다면 양파를 잘게 썰어 머리맡에 두세요. 신경안정제 역할을 하는 알리신 성분이 숙면을 돕는답니다.

111

채소에 대한 허무맹랑하고 쓸데없는 상상들

초판 1쇄 발행 2023년 11월 30일

글 하현
그림 다랑
펴낸이 황남희
책임편집 손선일, 황부농
표지디자인 다랑

펴낸곳 이후진프레스
출판등록 2018년 1월 9일(제25100-2018-000002호)
이메일 2huzine@gmail.com
인스타그램 @now_afterbooks

ISBN 979-11-91485-16-5 (03810)
값 14,500원

이후진프레스는 독립책방 이후북스의 출판 브랜드입니다.